Para mis sobrinos Derek, Vanessa y Daniela, que me hicieron entender la alegría de tener niños en tu vida.

For my nephews Derek, Vanessa And Daniela, who made me understand the joy of having children in life.

Text copyright © 2019 by Raúl Jiménez
Illustrations copyright © 2019 by Felipe Vasconcelos

All rights reserved. No part of this publication may be reproduced, distributed, or transmitted in any form or by any means, including photocopying, recording, or other electronic or mechanical methods, without the prior written permission of the publisher.

CHICANO JR'S
Mexican Adventure

Written by
RAÚL JIMÉNEZ

Illustrated by
FELIPE VASCONCELOS

Te presento a Chicano, Chicana y Chicano Jr.

Meet Chicano, Chicana and Chicano Jr.

Chicano Jr. era el primer y único hijo de la amorosa pareja con raíces mexicanas.

Chicano Jr. was the first and only son of the loving couple with Mexican roots.

Chicano y Chicana habían vivido en los Estados Unidos de América toda su vida, pero sus padres eran mexicanos.

Chicano and Chicana had lived in the United States of America their whole life, but their parents were Mexican.

Hablaban principalmente inglés, pero estaban conscientes y orgullosos de sus herencias culturales.

They spoke mostly English, but they were aware and proud of their cultural heritage.

Chicano Jr. no conocía a sus abuelos porque, tuvieron que irse...

Chicano Jr. didn't know his grandparents because, they had to leave...

Chicano Jr. se sentía triste por ellos, pero estaba emocionado de ir a México y visitarlos por primera vez.

Chicano Jr. felt sad for them, but he was excited to go to Mexico and visit them for the very first time.

Curioso, desde el avión, Chicano Jr. observó la bella Ciudad de México.

Curious, from the plane, Chicano Jr. looked at the beautiful Mexico City.

Chicano Jr. se sorprendió de no ver a ningún luchador o mariachi. Era solo una ciudad normal, llena de mexicanos.

Chicano Jr. was surprised because he didn't see any wrestlers or mariachis. It was only a normal city, full of Mexicans.

Por fin llegaron a casa de Abuelito y Abuelita, y Chicano Jr. pudo verlos por primera vez.

At last they arrived at Grandpa and Grandma's house, and Chicano Jr. saw them for the very first time.

Abuelito y Abuelita no hablaban inglés, pero eso no los detuvo para darle a Chicano Jr. un gran abrazo, enseñarle canciones, y regalarle toda clase de dulces.

Grandpa and Grandma didn't speak any English, but that didn't stop them from giving Chicano Jr. a big hug, teach him some songs, and gift him all kinds of candy.

También aprendió sobre juegos y juguetes tradicionales como la lotería, el balero, y las canicas. Fue muy divertido.

He also learned about traditional games and toys, like loteria, balero, and marbles. It was very fun.

Además, también se hizo amigo de Guau Guau, el pequeño perro mascota.

He also became friends with Guau Guau, the little pet dog.

Para la cena, Abuelita hizo un montón de comida.

For dinner, Grandma made a ton of food.

Mole, pozole, tamales, carnitas y guacamole para que todos disfrutarán.

Mole, pozole, tamales, carnitas and guacamole for everyone to enjoy.

Todo era delicioso, pero había algo verde y misterioso que todos comían con alegría. Chicano Jr. también quería un poco de eso.

Everything was delicious, but there was something green and mysterious that everyone was happily eating. Chicano Jr. also wanted to try some of it.

Ansioso por probarla, Chicano Jr. comió directamente del molcajete.

Eager to try it, Chicano Jr. ate it directly from the molcajete.

La boca de Chicano Jr. empezó a arder desde los labios hasta la garganta, pues había comido el guacamole súper picante de Abuelita.

Chicano Jr.'s mouth started to burn from his lips to his throat, because he had eaten Grandma's super spicy guacamole.

Rápidamente, Chicana le dio leche a Chicano Jr. para quitarle lo enchilado.

Quickly, Chicana gave some milk to Chicano Jr. to stop the burn.

Chicano Jr. pronto se sintió mejor, y entonces notó como todos reían. Él también se rió. Esa experiencia lo había vuelto oficialmente mexicano.

Soon, Chicano Jr. felt better, and he noticed everybody was laughing. He also laughed. That experience had officially made him a Mexican.

Lo mejor vino al final, un dulce flan como postre. Tenía consistencia de gelatina, pero sabor a pay de queso. La especialidad de Abuelita.

The best came at the end, a sweet flan for dessert. It had the consistency of jelly, but with cheesecake flavor. It was Grandma's specialty.

Después de una semana, fueron todos juntos al aeropuerto para decir adiós.

After a week, everybody went to the airport to say goodbye.

Chicano Jr. se despidió con un gran abrazo, prometiendo que regresaría para verlos, comer más flan e incluso tal vez más guacamole súper picante.

Chicano Jr. said goodbye with a hug, promising to return to see them, eat more flan, and maybe, even try more of that super spicy guacamole.

Raúl Jiménez, co-creador de Chicano Jr. es un escritor que vive en Tampico Tamaulipas, México, y regularmente escribe sobre México. Para los padres interesados en México y la cultura mexicana, pueden encontrar su libro sobre jerga mexicana "Mexislang" (+18) en Amazon y Audible, así como "The Gringo Guide To Moving To Mexico", una guía con toda la información necesaria para vivir en México.

Raúl Jiménez, co-creator of Chicano Jr., is a writer from Tampico Tamaulipas, Mexico, and writes often about Mexico. For the parents interested in Mexico and Mexican culture, you can find his book on Mexican Slang "Mexislang" (+18) on Amazon or Audible, as well as "The Gringo Guide to Moving to Mexico", a guide with all the necessary information for living in Mexico.

Felipe Vasconcelos (Felvast) es ilustrador de Tampico Tamaulipas, México, trabaja como ilustrador freelancer y profesor, y se ha encargado de ilustrar las portadas de los libros de Raúl Jiménez, así como ser el co-creador y creador visual de Chicano Jr. y su mundo.

Felipe Vasconcelos (Felvast) is an illustrator from Tampico Tamaulipas, Mexico, He works as a freelance illustrator, and he has created the book covers for Raúl Jimenez, as well as being the co-creator and visual creator of Chicano Jr. and his world.

Ambos se conocieron en la prepa hace más de una década, y siguen siendo amigos desde entonces.
They met back in highschool, over a decade ago, and have been friends since then.

CHICANO JR. VOLVERÁ PRONTO CON MÁS AVENTURAS.

SI QUIERES APOYARNOS, REGÁLANOS UN REVIEW PARA AYUDARNOS A CREAR MÁS LIBROS COMO ESTE.

CHICANO JR. WILL RETURN SOON WITH MORE ADVENTURES.

IF YOU WANT TO SUPPORT US, WRITE A REVIEW SO WE CAN CREATE MORE BOOKS LIKE THIS ONE.

Made in the USA
Middletown, DE
09 October 2023